2

LETTRES GASPESIENNES
CONCOURS PAULINE-CADIEUX 1997

Humanitas remercie le Conseil des Arts du Canada de l'aide accordée à notre programme de publications.

Ce recueil a été publié grâce à la collaboration de :
- Gouvernement du Québec – ministère de la Culture et des Communications
- Gouvernement du Québec – ministère de l'Éducation
- Orléans Express

La distribution des dépliants du concours a été assurée par :
- Les caisses populaires Desjardins de la Gaspésie et des Îles-de-la-Madeleine
- La Fédération des caisses populaires du Bas Saint-Laurent
- Le Centre régional de services aux bibliothèques publiques

Illustration de la page couverture : Maryse Brunelle, graphiste, New Richmond

Les textes sont illustrés par :
- Élise Kohl, artiste-peintre, Miguasha
- Johane Landry, artiste-peintre, Saint-Omer
- Yolande Fortin, artiste, Sainte-Anne-des-Monts
- Gilles Côté, artiste-peintre, Barachois
- Marik Audet, étudiante, Bonaventure

Le jury était constitué de :
- Marcel-Marie Leblanc, auteur-compositeur et poète, Maria
- Paryse Saint-Laurent, orthopédagogue et écrivain, Sainte-Anne-des-Monts
- Monique Demers, documentaliste, Bonaventure
- Louisette Roy, enseignante, New Richmond
- Michel Morin, animateur radio-télévision, Carleton

Responsable du prix : Louise Cyr
Transcription des textes : Louise Cyr, Ginette Landry

ISBN 2-89396-161-4
Dépôt légal - 4ᵉ trimestre 1997
Bibliothèque nationale du Québec
Bibliothèque nationale du Canada

Imprimé au Canada

990 Croissant Picard, Ville de Brossard, Québec, Canada J4W 1S5
Téléphone/Télécopieur: (514) 466-9737
humanitas@cyberglobe.net

LETTRES GASPÉSIENNES

CONCOURS PAULINE-CADIEUX 1997

Le Salon s'éclate!

HUMANITAS

BONNE LECTURE

C'est avec un immense plaisir que le Salon du livre de la Gaspésie et des Îles vous présente la cinquième édition du recueil publié suite au concours Pauline-Cadieux.

C'est parmi 39 textes participants, provenant de tous les coins de la Gaspésie et des Îles, que le jury a sélectionné le grand gagnant du concours, ainsi que les quatre finalistes. Un choix difficile devant la qualité et la diversité des textes présentés.

Le prix Pauline-Cadieux est décerné à Monsieur Serge Côté, de Grande-Vallée, pour son conte intitulé «Le sieau de r'lais», un texte savoureux où l'intrigue est présente. La curiosité du lecteur est mise à contribution jusqu'à la dernière ligne.

Les textes «Voyage sans retour» de Jean-Claude LeBreux, «L'âme sans frontière», de Yves Boudreault, «Mer, mon amour», de Ginette Roy et «Ce jour tant attendu», de Gisèle Marquis, ont tous une façon particulière d'aborder des sujets aussi difficiles que la mort et la solitude suite à des décisions, sans nécessairement la tristesse qu'on pourrait y retrouver. Le tout présenté d'une façon merveilleusement poétique.

Je voudrais remercier spécialement les membres du jury pour leur dévouement et leur bonne collaboration pour les lectures et notations des textes. Un merci spécial également aux illustrateurs et illustratrices qui ont donné une note artistique à chacune des histoires.

Madame Cadieux n'est plus, mais sa mémoire demeure grâce à ce concours littéraire qui permet à des auteurs de faire connaître leur plume.

Félicitations aux gagnants et gagnantes. C'est avec grand intérêt que nous suivrons vos prochains écrits.

Bonne lecture.

LOUISE CYR,
Responsable des prix littéraires
au Conseil d'administration
du Salon du livre de la Gaspésie et des Îles.

LE MOT DU PRÉSIDENT D'HONNEUR

Le Salon s'éclate

Oui, le Salon s'éclate... à l'occasion de son sixième anniversaire. On est heureux de constater que ce «salon littéraire» est devenu une activité annuelle extrêmement importante et populaire qui permet à nos auteures et auteurs, jeunes et plus âgés, de développer leur goût de l'écriture et ainsi de faire connaître à notre population et au Québec, une facette littéraire qui se développe constamment.

Notre Gaspésie doit se développer sur le plan économique, c'est vrai. Mais n'oublions jamais que le développement culturel est aussi important, sinon plus, car il apporte des nouvelles connaissances nécessaires à la préparation d'un avenir meilleur pour notre région. De plus en plus, on parle d'analphabétisation. Le Salon du livre est certes un outil nécessaire qui nous aidera à contrer quelque peu ce phénomène nouveau. Il faut donc souhaiter que «le salon s'éclate» véritablement.

En terminant, je veux féliciter très sincèrement les lauréates et lauréats du concours Pauline-Cadieux 1997 et leur souhaiter une longue carrière littéraire.

Enfin, remerciements et félicitations aux responsables de ce Salon du livre, édition 1997. Leur travail a été remarquable et il faut espérer que cette activité culturelle va se continuer pour le bénéfice de notre population.

Le président d'honneur,
JEAN-MARIE JOBIN

9

SERGE CÔTÉ
Grandc-Valléc

LE SIEAU DE R'LAIS
CONTE

LAURÉAT DU PRIX PAULINE-CADIEUX
1997

Illustration: Élise Kohl

Le sieau de r'lais, dessin de Élise Kohl

Onze ans, l'âge où la naïveté de l'enfance
commence à s'effriter et l'époque où prend forme
la genèse du monde adulte. Mais allez-y voir si
c'est aussi *songé* que ça en a l'air. Quand vous
êtes presque né dans un champ de pommes de
terre et que vous devez commencer à marcher
avec les *doryphores*, vous n'avez pas le temps de
faire la transition entre ce que l'on appelle le
monde de l'enfance et celui des grandes
personnes. Ce passage s'opère souvent dans la
plus grande discrétion et, parfois, vous traînez la
vie durant l'incompréhensible mystère de votre
évolution. Et en grandissant, votre sens du
discernement ne se développe pas toujours aussi
rapidement que votre musculature; vos bras ont
pensé bien avant votre tête. Et votre spontanéité
d'enfant vous tient fort, comme le bambin, bien
empoigné, la jupe de sa mère.

Cette année-là, juin s'était quelque peu attardé;
la terre hésitait à laisser fumer les labours de
l'automne précédent. Bientôt le temps des
semailles tiendrait la tête d'affiche pour une bonne

quinzaine de journées bien remplies. Tous ceux qui possédaient un lot avaient au moins une plantation semblable: le champ de patates, comme on le désigne encore aujourd'hui. Même monsieur Antoine, presque aveugle, tenait à enfouir sous une portion de son lopin de terre quelques germes de la famille des solanacées. Lui aussi se targuait d'offrir à la vue un beau carré de plants dont les fleurs blanches, roses ou mauves ne se faisaient belles que pour attiser l'envie des autres prétentieux.

Monsieur Antoine, plutôt circonspect, besognait le plus souvent comme s'il avait été reclus sur une île. La solitude, qui veillait sur son handicap visuel, était sa seule confidente. Si quelque tremblement de terre s'était produit de son vivant, il n'en aurait certes pas été l'élément déclencheur. Même s'il l'eût été, jamais personne n'aurait pu établir sa responsabilité.

Que d'immunité pour tant de modestie! Il était l'un de ces personnages dont tous les élans de vie sont non seulement recroquevillés, mais dont les énergies sont destinées à quelque forme rare d'introspection. Voilà, comme ça, on ne fait de mal à personne et personne ne peut vous en vouloir. Monsieur Antoine était ainsi: un humble dignitaire voué au phénomène probable de l'implosion. Quand il serait mort, on ne parlerait jamais de lui comme d'un illustre personnage qui propulse sa sagesse aux quatre coins du globe. Mais attendez pour voir!

Comment se retrouver dans un tel univers alors que, bien sûr, la plupart de l'humanité fait partie de la course effrénée de l'expansion «reevienne»? Et puis, bon, chacun est maître de sa destinée; mais que souvent les voies de l'être humain sont donc aussi *impénétrables!*

Toujours est-il qu'un bon matin le cher monsieur se présenta chez nous. Après avoir frappé deux bons coups sur le cadre de la porte, il entra d'un pas hésitant et le visage un peu investi par les rides du temps. Une vieille chaise aux *châteaux* usés l'attendait, comme si elle avait été préparée spécialement pour lui. Après s'être timidement assis, il sortit sa pipe, la bourra de tabac et en fit presque un feu de joie tellement les morceaux secs de la pipée flamboyaient. Dès qu'il émergea du nuage bleuté, ce qui nous permit de le reconnaître, il murmura quelques paroles que personne n'entendit distinctement. En un clin d'œil, ma mère s'était approchée. Penchée vers lui, elle le pria de répéter:

– Vous avez dit, monsieur Antoine? lança-t-elle avec le plus grand respect.

– C'est tard, cette année, hein? répéta-t-il avec un peu plus d'aplomb.

– On est déjà avancé dans juin et ça commence à presser pour les semailles, vous trouvez pas, monsieur ?

– La terre est encore froide, puis la brume s'en va pas.

– Faites-vous-en donc pas, monsieur Antoine, le bon Dieu va nous envoyer du bon soleil; il n'y a rien à craindre, vous avez la foi, toujours?

– Pour ça, oui, murmura-t-il presque imperceptiblement.

Profitant du fait que ma mère étirait la durée d'un silence inaccoutumé, monsieur Antoine ajouta :

– J'aurais besoin de tes garçons. Demain avant-midi, chaud pas chaud, je plante mes patates. Tu sais, depuis l'an dernier, je suis seul et ma vue baisse tous les jours; si c'était possible...

Ma mère, tout heureuse de rompre son mutisme inusité, revint à la charge et lança sans hésitation et avec fierté :

– Vous n'avez rien à craindre, monsieur Antoine, je vais vous en *passer* trois; ils sont capables de vous aider: ils sont habitués et vous allez voir que ça sera pas long.

La décision était prise et irrévocable. Demain, aux petites heures, beau pas beau, trois jeunes poulains allaient aider le monsieur solitaire à déposer les germes vivants dans les sillons creusés avec le plus grand soin.

Mais une question restait sans réponse pour le moment. Qui, de la maisonnée, seraient les préposés? Ma mère avait résolu le problème de monsieur Antoine, ça, c'était sûr. Et concernant la délégation du lendemain, elle en avait gardé discrètement la composition durant toute la journée.

Le soir, alors que nous étions tous attablés, un silence interrogateur planait dans la salle à manger, se mêlant parfois à quelques éclats de rire imprévus. Ma mère, qui avait complété la rétrospective de la journée et terminé les projections horticoles du jour suivant, ramena le sujet entrepris dans la matinée avec l'horticulteur affaibli. Les négociations ne traînèrent point en longueur, les discussions, concernant l'équipe *missionnaire*, furent réduites à leur plus simple expression. Le verdict final, une exclusivité du *canon* de ma mère, tint lieu de convention intervenue au cours du souper familial. Trois jeunots furent interpellés et eurent le feu vert pour accomplir la mission du lendemain. Je faisais partie de l'*expédition* avec mes frères Normand et Raymond. Il n'y eut pas de contestation, venant de la famille, qui valût la peine d'être notée.

À six heures le lendemain, ma mère nous réveilla en nous interpellant chacun par notre nom. Voyant que déjà le soleil nous avait devancés, nous sautâmes hors du lit et, dans le temps de le dire, nous fûmes habillés en vêtements de travail: chemise marine, pantalon de bagosse, bas de laine et chaussures en caoutchouc. Puis nous dégringolâmes l'escalier et fîmes une brève halte à la salle de bain. Sans plus tarder, nous

nous mîmes à table, attendant de grignoter quelques croûtons de bonne miche dorée que notre mère avait boulangée l'avant-veille.

Vers sept heures, au moment où les rayons du soleil étaient assez forts pour faire fumer les labours des champs exposés, monsieur Antoine arriva. Il avait rassemblé ses semences, ses râteaux à refermer les sillons et quelque chose comme une seille couverte d'un papier opaque. Toute cette cargaison remplissait presque le tombereau qu'une pauvre bête de trait avait tiré avec une nonchalance de fin de carrière. Et ce cheval, presque retraité, n'avait encore que quelque cinq minutes de chemin à se traîner les sabots. Dans quelque temps, il pourrait enfin se reposer et qui sait, réfléchir à ses vieux jours.

Mais quel était ce quelque chose qui ressemblait à un seau? Qu'y avait-il là-dedans? Pourquoi le bon monsieur avait-il recouvert le dessus? Mystère et boule de gomme! Il fallait attendre le moment du déchargement. Certes, pour rendre service, l'un de nous trois se précipiterait pour retirer le récipient insolite de sa position tranquille. Par la suite il le déposerait doucement et avec liesse en un endroit où il serait en toute sécurité. Oh! mais quelle magnanimité! Quel dévouement inhabituel!

Après les dernières recommandations qui émanaient sans contredit des propos de ma mère, le signal fut donné de partir pour le terrain riverain où une langue de terre vierge attendait avec avidité qu'on y dépose les embryons végétaux. Le trajet parut un peu long; mais il fallait respecter les pas languissants de la rosse insouciante. Une fois arrivés dans le lieu mystérieux, les trois jeunes *équidés*, d'un seul bond, sautèrent hors de la voiture grinçante et attendirent les derniers avis pour ensemencer la belle terre fertile qui promettait beaucoup de moisson.

Les sacs de germes furent déposés au sol et les agrès, rangés un peu à l'écart. Nous étions demeurés aux aguets, presque au garde-à-vous, attendant fébrilement qu'on nous révèle le contenu de la chaudière scellée. Après que cette dernière eut été remisée dans la grange située à quelques mètres, monsieur Antoine se tourna vers nous:

– Prenez-vous chacun un *sieau* et suivez-moi.

Normand, le plus âgé de nous trois, risqua:

– On sème les quatre dans le même rang, monsieur Antoine, ou bien dans chacun le nôtre?

N'avoir rien dit aurait produit le même effet, puisque monsieur Antoine ne répondit pas à la question de Normand. Et s'il prononça quelques bribes de réponses, personne de nous n'entendit le moindre mot.

Mais juste avant de poser les premiers germes dans la terre fraîche du matin, monsieur Antoine se retourna à nouveau et murmura quelques mots qui donnèrent plus d'intensité au mystère entourant le vaisseau voilé:

– Hé! les enfants, prenez chacun un rang et plantez les germes à tous les huit ou dix pouces. Dépêchez-vous; il y a un *sieau* de *r'lais* dans la grange et à dix heures, on ira peut-être le chercher.

Un *sieau* de *r'lais*, voilà dans quoi se terrait tout le mystère. Pour nous, cette expression avait l'empreinte de quelque récompense qu'on attribuerait à chacun de nous dès dix heures du matin. Y avait-il quelques bons sandwiches dans cet étrange contenant? Quelle joie de goûter à un mets étranger! Nous savions que Roseanne, la dame du fermier, était une excellente cuisinière! Quels délicieux chocolats pouvaient bien être enveloppés au fond du vase devenu objet de convoitise? Des chocolats, tout de même, c'était pour les grandes occasions, parfois, pour des services rendus avec héroïsme, mais pour aider à planter des germes de patates, c'était un peu osé d'accrocher des images aussi enchanteresses sur la toile de fond de notre imagination.

Peut-être aussi que des fruits juteux allaient tout à l'heure exciter notre palais et nous faire frémir de plaisir! Quel tourment dans l'attente de la récompense! Quelle ambition trop généreuse démontrions-nous pour un délice que nous ne connaissions pas encore! Quelle complicité intense avions-nous forgée au fil des sillons qui recevaient les promesses d'une bonne récolte! Un brin de paradis serait bientôt déposé dans nos petites mains croûtées et ternies par les germes asymétriques qui laissaient couler leur salive moite.

Bientôt, nous fûmes convaincus que les dix heures étaient bien sonnées. Je ne sus jamais par quelle intuition. Nous commencions à nous regarder, sans plus. À mesure que la fin des semences approchait, nos regards devenaient plus interrogateurs, plus inquiets. Monsieur Antoine était toujours courbé et manœuvrait avec le même rythme et avec son secret. Puis, vers 10 heures 45, il ouvrit la bouche et s'adressa à mon frère aîné:

– Hé! toi là-bas, va dans la grange chercher le *sieau* de *r'lais*.

– Tout de suite, Monsieur Antoine, répondit Normand, laissant tomber de ses mains son seau de germes presque vide.

Le moment de grande joie était enfin arrivé. Mon frère cadet, Raymond, avait déjà abandonné son seau de germes le long d'un rang inachevé. Il avait le visage radieux comme un soleil éclatant. Et moi, j'étais au paroxysme du bonheur, tellement que j'entendais presque les battements de mon cœur. Allais-je être victime d'un arrêt respiratoire? Peut-être pas, à cause de mon jeune âge, mais la tension n'en était pas pour autant moins haute.

Soudain, Normand parut dans l'ouverture de la *remise* avec le précieux récipient. Il s'avança lentement et à petits pas, de peur qu'il n'échappât l'objet de notre délire. Quelle exaltation au moment de changer de main le *sieau* de *r'lais*! Monsieur Antoine le prit à son tour et le déposa par terre avec la même délicatesse qu'il avait été apporté de la grange au bord du champ des sillons. Comme un magicien, mais à l'allure un peu ralentie, notre *bienfaiteur* détacha la corde qui maintenait en place le couvert improvisé du seau, l'enroula autour de sa main et la déposa dans une poche de sa chemise. L'heure était à l'euphorie; huit yeux étaient fixés sur la chaudière du sorcier. Puis, après s'être secoué les mains, il saisit le couvercle par deux appendices assez rapprochés et tira vers le haut comme pour le décoller du rebord du récipient. Tout à coup, le dessus céda sèchement et passa au-dessus de nos têtes. Son envol attira nos regards pour quelques secondes, puis nos yeux asséchés revinrent se poser sur une épouvantable surprise. Le fameux *sieau* de *r'lais* n'était qu'un simple seau contenant des germes de patates, un seau de *relais* que notre *prestidigitateur* avait mis de côté au cas où...

Oui, au cas où..., comme une *réserve* qu'on prévoit pour chaque occasion, mais qui renferme toujours les mêmes arcanes.

Dans notre mémoire, il y a toujours une baguette magique qui nous transporte, souvent à notre insu, dans le jardin secret de nos souvenirs d'enfance. Elle peut produire en nous de l'ivresse ou de la déception, mais elle ne nous laisse jamais indifférents. Et c'est souvent de ce mélange de charme et de désenchantement qu'au fil des saisons est tissée notre histoire. L'enfant que nous avons tous été en a inventé la trame.

SERGE CÔTÉ

JEAN-CLAUDE LEBREUX
Gaspé

VOYAGE SANS RETOUR
ESSAI LITTÉRAIRE AVEC SCÈNE THÉÂTRALE

Illustration: Johane Landry

Souvenirs au bord de la mer, Johane Landry, huile sur masonite, 10' x 12'

«Il s'agit d'un texte dont la présentation genre monologue est agrémentée d'une scène théâtrale faisant ressortir les particularités d'un départ de la région il y a cent ans.»

Jean-Claude LeBreux,
Gaspé, 5 mai 1997

Dans plusieurs villages de la côte gaspésienne, les clôtures écrasées sont les seuls témoins de l'existence de certaines familles sur des lopins de terre spécifiques.Les pieux gercés et noircis par le temps cachent mille et une histoires qui devraient être racontées avant que le temps n'efface toute trace de ceux qui nous ont ouvert la route.

Voyage sans retour, c'est l'histoire de deux filles qui vécurent à Petite-Vallée à la fin du siècle dernier. Filles d'Auguste Côté et d'Alphonsine Boulet, couple originaire de Montmagny et bâtisseur du village, elles quittent pour la grande ville afin d'y trouver du travail. Quelques années plus tard, suivant chacune leur propre destin, Clara revient dans son hameau d'enfance, mais Alphonsine (fille) n'est jamais revenue auprès des siens.

Oubliée de ses proches... Même vivante... Je veux raconter son histoire à tous ceux qui aujourd'hui ignorent l'existence d'une tante qui pourtant était la sœur du grand-père ou de la grand-mère de plusieurs personnes de la génération actuelle de Petite-Vallée.

Nous sommes en 1893, le soleil est radieux. Les oiseaux chantent aux fenêtres, les feuilles sont revenues et rétrécissent le parcours brisé de la rivière en dégageant un agréable parfum de printemps. Six ou sept familles sont réparties de chaque côté du village où l'entraide et le respect trouvent leur réciprocité. Clara et Alphonsine, filles d'Auguste Côté, se trouvent au bord de la grève, marchant lentement sur le sable encore mouillé par le ressac des vagues. Tout à coup, elles se retrouvent assises sur un bout de cran plat à demi submergé dans un effilochage graduel. Elles regardent le large, elles parlent d'avenir, elles rêvent...

SCÈNE THÉÂTRALE

Narrateur — Alphonsine — Clara

Clara: On dirait que, cet'année, les lilas ne sentent pas bon comme ceux de l'année passée.

Alphonsine: Cré toé! Cé p't-être bin parce que Napoléon yé pas avec toé pour les sentir!...

Clara: Ah! Rappelle-moé pas ça! Ça me fait encore un vide dans le go. Quand j'y pense, y a un courant salé comme l'eau de mer qui me monte aux yeux!...

Alphonsine: T'en fais pas, Clara! Tu sais, la vie, comme la rivière au tournant des montagnes, va continuer à couler devant toé. Les bourgeons assis sur des branches plus fortes vont revenir à l'aube de chaque printemps et, crémoé, tu sentiras à nouveau la vraie senteur des lilas.

Narrateur: Oui, cé comme ça! On connaît un garçon, on l'aime, pis cé comme un soleil qui t'éclaire même quand y mouille. Y'a pu rien qui existe autour de toé. Un moment donné, ses parents s'en vont ailleurs pis le garçon qui a éveillé en toé les premiers sentiments de l'amour s'en va lui aussi avec eux. Toé... tu restes là... comme un épouvantail à moineaux planté dans le beau milieu du champ. T'es comme une feuille d'automne qui se décroche de la branche après avoir montré ses plus belles couleurs. Elle se balance un court moment dans l'espace pis trouve sa place sur la terre des feuilles mortes. Deux jours plus tard, elle est disparue pis tu en n'entends plus parler. Faut te comprendre, ma chère Clara!... Se faire vider le dedans comme une morue sur l'étal, ça fait mal longtemps parce que toé, tu peux pas t'étendre sur les vigneaux pis aller te faire manger en Italie!... Tu dois te relever, faire face à la vie... affronter le vent d'en haut comme le vent d'en bas... toujours de face pour voir où tu mets le pied... pour pas te piquer sur les écailles pointues qu'les marées éparpillent constamment devant toé.

Clara: J'ai bin hâte que le soleil se lève encore pour moé!... Qu'y arrête de faire noir dans ma tête... Pis d'être capable de regarder le monde sans avoir l'air d'une agonisante qui s'accroche à son dernier respir.

Alphonsine: Clara! Je serai toujours ta sœur et, entre nous, on peut s'aider certain!... Teins! On devrait enlever nos chaussures et se faire tremper les pieds dans l'eau. Ça nous f'rait du bien... pis ça nous changerait les idées!...

Clara: Mon Dieu! Es-tu folle Phonsine! S'y fallait qu'arrivent des garçons pis que des grandes personnes nous voient, ça pourrait venir aux oreilles de Monsieur le Curé!... Y as-tu pensé?...

Alphonsine: C'pas grave... Juste les pieds... Pis on est toutes seules derrière les crans!... Cé bin plus dangereux de se piquer sur un crapaud que de voir apparaître un matelot des vieux pays.

Narrateur: Voilà nos deux jeunes filles qui défient l'eau de l'anse du bout des orteils...

Clara: Oh, brr, brr, brr! Cé frette!... Ça chatouille!...

Narrateur: On rit aux éclats, se permettant un accroc à la pudeur en relevant sa robe de coton blanc jusqu'aux genoux...

Alphonsine: Tu vois, cé pas sorcier! La vie, cé comme un beau jardin. L'automne, tout disparaît: même la rhubarbe s'endort en dessous de la neige. Le printemps suivant, la couverture blanche est à peine enlevée que tout reprend vie... et... ça continue...

Clara: Oui, mé... y poussera pas de Napoléon entre les choux et les navots!...

Alphonsine: Cé bin sûr, mé... si un beau garçon comme Joseph à Monsieur Narcisse LeBreux sortait de la terre à côté de toé, chu bin certaine que tu le renchausserais pis que tu laisserais pas les mauvaises herbes du village l'étouffer.

Clara: Ah! Lui!… Cé pas pareille… Les yeux brillants comme des étoiles dans le ciel! Quand yé endimanché, un vrai p'tit monsieur!… Cé… Cé bin simple, rien qu'à y penser… ça me chatouille partout. Penses-tu qui pourrait avoir des idées?

Alphonsine: Si j'pense? La question se pose même pas!… L'aut'jour, en passant devant la maison, même en se faisant tortiller le fondement sur la tablette du tombreau, y t'a fait un de ses sourires en coin… pis y a continué… Cé pas pour rien… Ça voulait tout dire.

Clara: T'es folle!… Arrêtons de bavarder… Regardons la mer… elle est si belle aujourd'hui.

Alphonsine: Clara, j'ai une idée! Tu sais, le bateau qui est descendu au bassin de Gaspé la semaine passée? Il doit sûrement remonter le fleuve la semaine prochaine. On devrait embarquer à bord pis aller travailler à Montréal!…

Clara: Pis?… Joseph?…

Alphonsine: Joseph, aussi vrai que le jour attend la nuit pour se reposer, y va t'attendre!… Chaque coucher de soleil, chaque marée montante ou descendante va le rapprocher de ton retour.

Clara: Nos parents nous laisseront jamais partir!… Maman va-t-être rongée par l'inquiétude…

Alphonsine: Bin non! Tu sais bin qu'y vont comprendre!... Y paraît qu'à Montréal y'a des familles riches qui engagent des filles comme nous autres juste pour faire le ménage pis faire à manger... et on nous paye pour ça!... Pas croyable, hein?...

Clara: D'autant plus qu'on est habitué sur la petite planche à laver, à faire du pain de ménage pis des sortes de chiards qu'ils n'ont probablement jamais mangés en ville!...

Alphonsine: Pis ma quiaul à la morue, avec des oignons pis du persil sauvage... On va les engraisser, les mondes de Montréal.

Clara: Pis dans deux ans on reviendra chez nous avec chacun not'robe de dentelle, des souliers à lacets pis, qui sait?... p't-être bin un mouchoir de soie autour du cou?...

Alphonsine: Pis quand Joseph va te voir arriver comme ça, ça va être plus fort que lui!... Y va te sauter dans les bras parce que toé là... Clara Côté... tu vas être plus belle que la reine Victoria.

Clara: Ouf!... Arrêtons de rêver... Cé trop beau pour nous autres... Ça s'peut pas!...

Après quelques jours d'hésitation, elles informent leurs parents de leur projet de départ pour la ville. Surprise! Ceux-ci, quoique bouleversés, ne s'opposent pas à l'idée de les voir partir. Bien entendu... à condition que ce ne soit que pour quelques années seulement. Partagées entre leur désir d'évasion et leur attachement profond à la famille, elles préparent leur départ de la maison.

Le 6 juillet, c'est la scène des «adieux». Papa, maman qui tient le bébé Patrick dans ses bras, les frères, les sœurs, sont tous sur le bord de la grève pour voir s'éloigner Clara et Alphonsine dans une barge de pêche qui les amène vers la «Langevin» dont on a aperçu la voilure tôt le matin, au large de Pointe Frégate. Les larmes coulent, les voix sont éteintes par l'émotion, les cœurs se serrent, mais on se console en pensant déjà à la joie du retour. Les avertissements ou recommandations sont très fermes: «Gardez vos places et si des hommes vous parlent sur le bateau, c'est simple: répondez-leur pas».

Au large de la Longue Pointe, Joseph, debout sur le cail du large, salue de la main celle que la voile blanche éloigne de lui à chaque instant. Le cœur brisé comme un bourgot écrasé sous le poids d'un rompis du printemps... la voix éteinte... il jure sur la tête de tous les poissons de la mer qu'il sera là à son retour.

Trois semaines plus tard, on arrive à Montréal. Oh! Il y a du monde partout. Des magasins avec toutes sortes de choses. Des chemins qui touchent aux autres. C'est mêlant quand on veut sortir, mais on va s'habituer.

Clara se trouve vite un emploi dans une famille de Montréal comme gouvernante et Alphonsine est engagée par une famille de Chambly: des fermiers sur une grande terre, une belle maison de brique avec l'eau à l'intérieur et beaucoup d'autres commodités.

Les débuts sont difficiles, le changement est énorme et on s'ennuie beaucoup de ceux laissés sur le rivage gaspésien et que la séparation et l'éloignement nous font aimer davantage. Les mois passent et Clara frétille déjà à l'idée de revoir Joseph qui doit sûrement l'attendre avec beaucoup d'espoir. Le livreur de glace avec son gros cheval anglais lui rappelle son père qu'elle a bien hâte de revoir.

Juin 1898, déjà le temps de penser au retour. Clara prépare ses bagages et laisse savoir à Alphonsine de se préparer pour le prochain départ de la Langevin vers Gaspé dans quelques jours, et qu'elle se rendra la chercher.

Surprise! À son arrivée à Chambly, elle trouve une sœur bouleversée, déchirée entre l'amour des siens et l'attachement aux enfants de la famille où elle travaille qui la considèrent comme leur mère. D'autant plus qu'il est facile de voir que Madame ne prise pas du tout le départ de sa gouvernante sans avoir été informée suffisamment longtemps à l'avance. Autoritaire, profiteuse et probablement un peu centrée sur elle-même, elle aurait réussi à convaincre Alphonsine de ne pas retourner à la misère du fond de la Gaspésie.

Un vrai choc pour Clara qui doit se résigner à revenir seule dans son village natal. Certes elle a dans ses bagages sa robe de dentelle, ses souliers à lacets, son mouchoir de soie et son expérience de la ville, mais la séparation d'avec sa sœur lui serre la gorge et provoque une douleur profonde. Elle arrive à Petite-Vallée vers le 10 juillet et Joseph qui, à chaque soir du sortir des bourgeons à la dernière feuille de l'automne, regardait vers le large, voit soudain apparaître dans un rayon de soleil se reflétant sur la mer le petit bateau berçant tendrement dans le calme d'un crépuscule coloré... l'espoir de sa vie. La nuit tombante étale dans le ciel un ramage de rose, de blanc et de bleu pour rappeler à Clara la beauté de son village.

Joseph court vers l'anse des pêcheurs à toutes jambes et retroussant aux genoux ses culottes de bagosse, il s'empresse de débarquer dans ses bras celle que son cœur n'a jamais cessé d'attendre. Oubliant les regards indiscrets, Clara et Joseph, dans une étreinte d'amoureux, versent ensemble leurs premières larmes d'amour.

Ils s'épousent en 1899 et après une longue vie de labeur à puiser le quotidien dans la terre et dans la mer, après avoir connu la fierté d'être la «mère... de deux... maires...», elle rejoint en 1958 son cher Joseph parti quatre ans plus tôt, laissant derrière elle six enfants et quarante-sept petits-enfants.

Bien sûr, à son retour, elle doit expliquer l'absence d'Alphonsine que personne ne voulait comprendre, mais à laquelle il fallut se résigner. Il fallut accepter l'évidence. On tente de correspondre durant les premières années, mais ne sachant ni lire ni écrire, la correspondance se fait par l'entremise d'intermédiaires et s'espace graduellement à mesure que le temps passe. Madame de Chambly n'écrit peut-être pas exactement ce qu'Alphonsine veut dire et on se demande si elle lui transmet correctement les nouvelles qu'elle reçoit des siens.

En 1901, une dernière lettre exprimait un certain désintéressement envers sa famille en Gaspésie et comme les autres moyens de communication sont difficiles ou inexistants, on arrête toute correspondance. Certes, on l'informe du décès de son père en 1921 et de sa mère en 1936, mais on ne reçoit aucune nouvelle. On se fait donc à l'idée qu'Alphonsine est morte dans la région de Montréal, mais on ne sait ni l'endroit exact, ni comment, ni quand.

En 1937, Clara raconte l'histoire de sa sœur perdue devant Aurélie, l'épouse de son fils Alcide. Celle-ci ayant la plume facile décide de prendre les moyens pour aller à l'information. Se servant d'un courrier publié chaque jour dans le «Soleil de Québec» sous l'étiquette «La page féminine», elle écrit et demande le nom et l'adresse du curé de Chambly. La réponse ne se fait pas attendre et une autre lettre suit immédiatement avec une demande très claire: Alphonsine Côté est-elle toujours vivante? Si décédée, quand eut lieu le décès et où est-elle enterrée? Dix jours plus tard, réponse du curé de Chambly: Alphonsine Côté est bien vivante, en excellente santé et est toujours à l'emploi de la même famille dont elle a élevé les cinq enfants.

C'est la fête au village et particulièrement dans la famille Côté. Alphonsine, la «sœur oubliée», la «morte sans date», est bel et bien vivante!... Toutes les possibilités sont là pour la revoir et Clara, Pamella, Auguste, Élisé lui rendent visite chacun leur tour, sans toutefois insister pour la convaincre de revenir en Gaspésie. Un amour profond et réciproque s'est cristallisé entre elle et les enfants qu'elle a élevés. Son père et sa mère étant décédés, elle ne se voit pas le courage de renouer avec un milieu depuis longtemps oublié.

Elle rend l'âme en 1941 et repose au cimetière de Chambly. Ses enfants d'adoption ont par la suite pris contact avec la parenté d'Alphonsine et ont su lui rendre hommage en exprimant l'admiration, la reconnaissance et l'attachement qu'ils avaient pour celle qu'ils ont aimée et qui les aimait comme ses propres enfants.

Ainsi se résume la saga d'Alphonsine Côté. A-t-elle été victime de sa soumission à une autoritaire dame de Chambly ou manquait-elle tout simplement de force de caractère pour s'imposer dans des moments de décision importants?

Pourquoi n'a-t-elle jamais revu son village, sa famille, ses amis d'enfance?

Comment a-t-elle pu oublier le roulis des vagues, la rivière, les couchers de soleil?

Comment a-t-elle pu vivre trente-sept ans sans aucune nouvelle de ses proches?

A-t-elle été heureuse loin des siens ou malheureuse toute sa vie sans pouvoir l'exprimer?

Toutes ces questions demeurent sans réponse et à l'incompréhension totale de la famille Côté de Petite-Vallée se mêlent toutes sortes de

*soupçons inimaginables sur l'existence de leur
sœur «décédée deux fois» et dont les véritables
raisons de l'exil demeureront à jamais l'ultime
secret.*

Plus de cent ans après ton départ, tante Alphonsine, ces quelques lignes rappellent bien humble-
ment à tous tes neveux et nièces qu'un jour…
ah, il y a bien longtemps… en pleine fleur de
jeunesse… tu as quitté un magnifique coin de
terre et de mer en Gaspésie pour ton unique
voyage… sans retour…

JEAN-CLAUDE LEBREUX

YVES BOUDREAULT
Amqui

L'ÂME SANS FRONTIÈRE
ESSAI

Illustration : Yolande Fortin

Illustration de Yolande Fortin

«... un être ravissant, mi-homme, mi-femme, tout de lumière constitué»

Déjà, la morphine engourdissait tous ses membres. D'une santé forte et bonne jusque-là, Justin avait vécu une dégénérescence fantastique. D'un naturel enjoué et calme, il était devenu agressif et intolérant. Tout son être était en mutation.

Au début, il avait senti un mal de tête léger, ce qui n'était d'ailleurs pas très coutumier chez lui. Puis, la souffrance qui l'éprouvait de façon intermittente s'était faite plus régulière, jusqu'à ne plus faire qu'une avec sa sensation générale d'être vivant.

Il avait passé une myriade de tests et rien jusqu'au moment de l'opération ne lui avait indiqué qu'il lui faille vraiment faire le deuil de sa propre vie. Le médecin traitant n'avait guère tenu de réconfortants discours depuis son hospitalisation, mais là, il ne restait plus aucune chance, aucun espoir de rétablissement.

Debout, au pied du lit de la chambre où il se repose, sa meilleure amie le regarde. Elle est triste et déconfite par ces événements qui la troublent énormément. Le cœur en broussailles, les yeux vitreux de leur salin liquide, Ève songe à tous ces heureux moments que leur a procurés leur amitié.

Elle ne comprend pas. Elle ne le peut pas. Personne ne le peut. Justin n'a que trente-deux ans. Il n'a ni épouse ni enfant à endeuiller, mais combien d'amis et de parents laissera-t-il sous peu? Combien déjà en a-t-il quitté par son silence?

Depuis trois jours il n'a plus communiqué verbalement avec quiconque. Il est enfermé dans sa cage de chair, bien que son malaise reste tout de même perceptible. Souvent son front se crispe et ses yeux laissent échapper quelques larmes. Aucun répit pour lui. Sans cesse bouge-t-il les bras et les jambes, tantôt se tournant sur un côté, tantôt se retournant de l'autre.

Quelques divagations incompréhensibles sortent parfois de sa bouche, mais ses yeux restent clos. Il ne semble plus être en mesure de reconnaître personne.

Pourtant, restée debout devant lui depuis son arrivée, lorsque Ève décide de s'asseoir à son chevet, Justin se retourne vers elle et lui tend l'un de ses bras. Sans hésitation elle s'empresse de rejoindre sa main tremblotante et sans même la regarder, il prononce faiblement son nom.

Que dire, que faire alors, sinon que d'aimer du plus profond de son être cet ami si cher qui semble tant souffrir? Aucune parole ne vient à l'esprit d'Ève.

Elle est là, impuissante et affligée, autant par le mal de l'autre que par sa propre blessure de le perdre, de se perdre aussi en lui.

Comment agir devant la maladie et la mort de ceux que nous chérissons, et comment nous sentir à l'idée que nous y passerons tous un jour ou l'autre? Nulle réponse en ce moment ne peut consoler la fragilité humaine. Rien, non rien ne la console à l'instant.

*

D'un autre point de vue je suis là, bel et bien présent. Encore. Pourtant, à toute chose sa contrepartie, puisque sans médication aucune j'avais la liberté de communiquer avec autrui ce que je vivais, mais le mal était si grand que j'avais peine à m'endurer moi-même.

Et maintenant que je suis engourdi par les médicaments, et qu'il ne m'arrive plus de sentir cet insupportable mal de tête qu'au moment où la drogue ne fait plus effet, je ne suis plus en mesure d'aligner correctement les mots en mon esprit pour vous les transmettre par ma voix.

Mais sans le moindre doute, je préfère encore le désavantage d'une moins bonne communication à celui d'une plus grande souffrance. Depuis mon plus jeune âge j'ai fui la douleur et me suis réfugié, le plus souvent possible, dans ce qui m'apparaissait être le plaisir, le bonheur.

Même si mes instants de plaisir étaient très souvent éphémères et que mes bonheurs étaient, eux, la plupart du temps aussi illusoires que mes croyances, je n'avais jamais imaginé à quel point je pouvais apprécier la santé que m'avait offerte la Vie.

Maintenant, pourtant, je n'ai plus la force de lutter. Je n'en ai d'ailleurs plus envie. J'ai cheminé ici, sur cette terre, mais je n'ai plus rien à y faire. Je ne l'ai pas choisi, mais cet instant est celui de l'ultime départ, de l'ultime lâcher-prise.

Lorsque mon corps a montré ses premiers signes insistants de faiblesse, de malaise, j'ai dû vivre avec l'idée de devoir tout quitter, de vous laisser tous derrière moi sans pour autant savoir vraiment ce qui m'attendrait de l'autre côté de la mort.

Depuis toujours je suis en quelque sorte prisonnier de la condition humaine. Prisonnier de mes envies et de mes besoins. Mais là, c'est une insupportable cage de souffrance qui m'entoure, me permet de vivre et me terrasse à la fois. Je n'en peux plus.

Lorsque j'ai compris que j'étais condamné, il y a quelques jours, j'ai eu très peur car je venais de comprendre que je me trouvais tout comme sur le seuil d'une porte inconnue.

Dans la pièce où est allongée ma prison de chair, je sens la Vie qui foisonne autour de moi. Je ressens les sons et les mouvements qui la décrivent, qui l'animent.

Je suis ici et maintenant, à l'intérieur de mon corps. Mon corps, lui, est allongé dans un lit. Le lit est dans une chambre, dans une pièce de l'hôpital. Cette très grande bâtisse se trouve elle-même dans une petite ville dont j'ai encore bien présent le souvenir, la connaissance. Et cette ville est construite sur un morceau de terre, un tout petit coin d'une planète immense, contenue dans un univers incommensurable…

Mais à l'instant, ce qui me parvient du dehors, c'est le doux chant d'un oiseau perché sur un fil, ou dans un arbre. La beauté du chant de cet oiseau est ce qui, maintenant, me permet encore d'apprécier la Vie, cette Vie qui m'a créé et permis de La connaître. Je suis en paix avec le monde, avec la Vie, avec l'univers. Je suis en paix avec moi.

Depuis quelques jours je luttais, je m'attardais à ce corps qui est encore mien. Je m'attachais à mes souvenirs, à mes connaissances. Mais maintenant, à l'intérieur de ce véhicule corporel, je tourne mon attention jusqu'alors orientée vers l'extérieur et vers la Vie, et je la dirige dans un autre sens: dans le seul sens qu'elle me semble encore pouvoir prendre. Vais-je simplement m'évanouir pour la fin des temps, vais-je devenir néant ou bien serais-je...

Je ne puis faire autrement que de lâcher prise. Mais ce détachement est plus un acte de courage que de lâcheté, car si plus rien ne me semble possible en cette réalité, rien ne me semble non plus certain en ce qui a trait au dénouement de ce passage de ma vie, même si j'ai foi.

Attiré vers l'immensité, je vous quitte. Doucement je me détache des sensations physiques et je ressens comme jamais auparavant une liberté, une légèreté indescriptible. Mais que se passe-t-il donc? Qu'est-ce que je fais encore ici? Que fais-tu là, toi, très chère amie ?

J'avais cru quitter cette réalité mais je te vois bien, très chère Ève, tu es bel et bien là, devant moi!

Ève, encore assise à côté du lit, a fondu en larmes au moment de ma dernière expiration, à l'instant de ce râle caractéristique du trépas des êtres vivants, des animaux de toutes races.

Je la regarde, impassible, ni peine ni joie au cœur de la voir me pleurer, serrant encore bien fort ma main désormais sans vie.

Puis, me retournant j'aperçois, là où il y a quelques instants un plafond me semblait bien être présent, une lumière qui m'éblouit doucement d'une brillance sans excès.

Je n'ai pas le temps de penser à quoi que ce soit qu'elle se dirige déjà vers moi, maintenant sous les traits d'un être ravissant, mi-homme mi-femme, tout de lumière lui-même constitué.

Sans même que ses lèvres bougent, je l'entends me rassurer, me parler avec une délicatesse et un amour si profond qu'il m'exalte sur place:

– Bienvenue à toi en cette nouvelle étape de la Vie. Tu es maintenant devant l'avenir. Il ne te reste plus qu'une seule issue pour pouvoir poursuivre ton cheminement: le pardon.

Me retournant pour voir mon amie de nouveau, je constate qu'elle n'est plus là. Ni elle ni même quoi que ce soit. Il n'y a plus ni murs, ni hôpital, ni même de terre. Je suis, baignant dans un espace infini.

Revenant vers cet être de lumière, il a lui aussi disparu. Je suis maintenant dans une sorte de couloir. Tout au fond, un scintillement. Je me dirige vers cet intrigant mystère lumineux par la seule force de mon intention. Je n'ai plus besoin de marcher. Je n'ai même pas l'impression d'avoir à bouger pour me déplacer.

Je n'avais pas compris ce qu'avait voulu dire le guide qui m'avait accueilli, mais je n'allais pas tarder à le vivre. Au fur et à mesure que j'avance, ce n'est pas le décor qui change mais plutôt mon état d'âme. Je ressens tout en «émotions» les instants les plus marquants, les plus importants de ma vie.

D'abord des images de ma tendre enfance, et puis lentement, du moins selon la perception que j'en ai, je revis mes années de puberté et d'adolescence. Ces souvenirs me semblent aussi frais et vrais que si je les vivais pour la première fois.

Ils défilent tous, suffisamment clairs à ma conscience, pour que devant l'une de mes plus grandes bêtises, j'aie maintenant l'impression de fondre en larmes. J'ai réellement en moi la «sensation» de pleurer, profondément touché, affligé que je suis devant le mal que j'ai infligé à autrui.

Curieusement, ces images que je percevais, comme le ferait un observateur invisible, juste par-dessus l'épaule de celui qu'il regarde, se sont arrêtées, figées. Je suis maintenant confronté aux sentiments négatifs que j'éprouve.

Je me sens mal. J'ai toujours en moi la «sensation» de pleurer mais... je n'ai plus de corps! Et les sensations sont le fait de notre perception par les cinq sens de notre physique! Il m'est ainsi donc impossible de pleurer!

Au milieu d'un espace infini, esseulé devant les événements marquants de toute mon incarnation, je viens de réaliser que je n'ai plus «que mon être». J'ai bel et bien laissé mon corps sur la terre, mais je suis malgré cela encore un être. J'avais un corps comme je pouvais porter un costume, mais je suis toujours un être, une conscience, un je ... un «je suis»!

À ce moment, je réalise donc que ce n'est pas la sensation de pleurer que je ressens. Ce que je ressens, c'est un sentiment. Je suis triste. Tout mon être baigne dans un sentiment de tristesse.

D'ailleurs, même si je voulais fuir ce qui m'arrive à l'instant, je ne le pourrais vraiment pas. Sur terre, lorsqu'une chose ne me plaisait pas, il était aisé, la plupart du temps, de changer d'activité, de changer de contexte, de décor, d'espace, de relation. Il m'était facile de contourner une souffrance en la compensant.

Ici, il n'y a aucune compensation possible pour me faire oublier. Même si j'avais l'intention de voyager par-delà l'univers pour me changer les idées, je ne saurais pas me défiler à mes sentiments. Ne possédant plus de corps, je n'ai donc plus les sensations qui m'illusionnaient jadis en me permettant de croire faussement que je pouvais oublier un sentiment.

Je n'ai plus que mon être et ses souvenirs. Que dis-je, je n'ai même pas cet être, je suis cet être. Oui, je le suis, c'est tout. Et mes souvenirs en sont en partie les composantes. Ce qui me constitue, je ne peux pas réellement le fuir. Un jour ou l'autre il me faut l'affronter. J'y suis donc.

À l'instant, je viens de comprendre ce que m'avait dit l'ange à mon arrivée: «... Tu es maintenant devant l'avenir... il ne te reste plus qu'une seule issue: le pardon.»

En effet, pour avancer, pour évoluer encore, il me faut être capable de me pardonner mes erreurs, mes fautes, mon imperfection.

Tout est maintenant si clair. Toute ma vie durant j'ai voulu fuir certains de mes états d'âme. Aujourd'hui, il me faut les affronter, les accepter si je ne désire pas en être le prisonnier. Je n'ai vraisemblablement aucune autre issue.

J'avais cru toute ma vie qu'il m'était possible de ne pas m'avouer que j'avais peur ou qu'il était normal et même utile de savoir pleurer. Désormais, il n'y a aucune autre solution pour parvenir à me sentir mieux, rien d'autre pour me permettre de me sentir bien.

Au bout de plusieurs heures j'eus enfin terminé la revue de mes jours passés. Ce n'est qu'à cet instant que réapparut l'ange de la prime rencontre. Toujours avec cette même sérénité et ce grand amour dont était empreint son premier message, il me dit:

– Te voilà prêt pour une nouvelle étape. Combien de temps crois-tu avoir pris pour revoir les événements de ta vie ?

Je lui avouai que cela avait été long, et qu'il avait bien fallu plusieurs heures pour le vivre. Il sembla rire un tout petit peu et me dit d'un air amusé:

– Cela t'a pris trois jours, en perspective de temps terrestre, pour parvenir à tes fins. Mais dans l'état d'âme dans lequel tu te trouves présentement le temps n'a guère d'importance. Tu peux même y passer l'Éternité si tu le désires. Il y a quand même bien d'autres choses à faire si tu préfères encore poursuivre ton évolution.

À ces mots je fus empli de nombreuses questions qui se bousculèrent en mon esprit. Sans attendre il répondit à la dernière d'entre elles:

– Nul ne connaît Dieu au niveau de conscience où nous nous trouvons. Dieu n'est pas un individu. Dieu n'a ni corps ni esprit: il est l'Ensemble de tout ce qui existe.

Mais…, essayai-je de dire, tandis qu'il poursuivait comme si une fois de plus il avait lu dans mes pensées:

– Dieu n'entend ni ne parle aucune langue. Il est même étranger à toute forme de langage. Il est tout ce qui est. Il n'a ni le pouvoir de punir ni celui de récompenser.

"Tu dois pourtant savoir qu'Il est aussi en Lui-même certaines règles. Comme celle de l'attraction des corps, ou celle de l'Équilibre Universel que l'on traduit souvent sur terre comme la Loi du retour, le karma ou bien l'effet «boomerang».

"Peu importe, souviens-toi seulement que quoi que tu fasses, tu devras un jour ou l'autre en assumer les conséquences. Chaque geste que l'on pose, quel qu'il soit, a inévitablement des répercussions dans l'une ou l'autre des réalités de ce monde.

"Puisque rien ne se crée ni ne se perd vraiment, puisque l'Éternité contient toutes les possibilités autant futures que passées, puisque l'Infini Univers est sans borne aucune, la chaîne des actions et des réactions rend elle-même justice à l'Univers.

"Dieu est à la fois le matériau originel du corps, de la conscience et du feu sacré de la volonté qui constitue tous les êtres du monde que tu as connu. Il est si loin de l'entendement humain que toute tentative de circonspection le réduit à beaucoup moins que ce qu'Il est en vérité.

"Bien des humains croient qu'ils possèdent leur corps mais finissent tout de même tous par le rendre à la terre. Certains croient qu'ils possèdent leur propre conscience mais n'en sont pas moins seulement les locataires.

"Tel que tu me perçois maintenant, j'ai donné à l'amas d'énergie que je suis une forme avec laquelle tu es familier et qui te rassure de ne pas t'en sentir différent. Mais je puis en tout temps lui en donner une nouvelle, une tout autre.

"Je n'ai d'ailleurs pas besoin non plus d'émettre de son pour que tu perçoives les mots de ce langage que tu comprends. Et pour que tu saisisses bien ce que je t'explique, j'utilise même tes propres termes pour décrire ce que tu vis.

"Dans mon évolution personnelle, je suis rendu à une étape où nul mot et nulle forme ne sont nécessaires pour communiquer. Lorsque des âmes telles que toi seront rendues suffisamment habiles pour prendre ma place et tenir mon rôle, pour accueillir en cette réalité les nouveaux venus, ou si tu préfères, ceux qui viennent de mourir dans la réalité physique de ce monde, je pourrai élever encore davantage les vibrations de mon énergie pour atteindre un tout autre niveau de conscience et vivre de nouveaux états d'âme."

J'étais absorbé par les enseignements de mon guide et je n'avais même plus en mémoire la vie et le corps que je venais à peine de quitter. Je ne l'interrompis de nouveau qu'au moment où il me dit enfin que l'ultime but de sa quête était de ne plus faire qu'un avec Dieu.

Comment est-ce possible? pensai-je spontanément. Et pour réponse il me fit:

– Même si long et ardu est le chemin qui y mène, c'est bien simple. Dans les étapes qui ont précédé, pour moi, il a d'abord et avant tout fallu que j'apprenne à me détacher de tout ce qui me retenait sur le plan terrestre; apprendre à ne plus trop donner d'importance à ce qui n'en a pas vraiment pour me concentrer et travailler essentiellement sur ce qui en a réellement.

"Dans les étapes qui s'en viennent, je sais qu'il me faudra m'abandonner littéralement à Dieu. Complètement. Je me donnerai à Lui d'une façon qu'il est pratiquement impossible d'imaginer pour un être de chair.

"Pour tenter de t'expliquer ce que peut vouloir dire ne faire qu'un avec Lui, je te dirais qu'il me faudra me dévêtir de mon individualité et de ma conscience. Ou si tu préfères, je devrai me départir de ma volonté personnelle d'individu. J'éplucherai mon être, je le dévêtirai un peu de la même manière dont nous devons d'abord nous déparer de notre enveloppe terrestre.

"Une fois débarrassée de sa perspective d'un point de vue relatif, et donc de ses limitations individuelles, l'Essence Divine sera rendue à sa seule véritable propriétaire: l'Absolue Énergie Originelle et Universelle."

Je compris à ce moment que c'était là le but même de ma propre existence. Un jour, pensai-je, je me fondrai moi aussi en Lui pour qu'ensemble nous ne soyons plus qu'un. Ce jour-là, l'Énergie qui me compose encore retournera entièrement à Celle qui S'est investie pour me faire voir le jour. Je vivrai le Nirvana, une Félicité sans fin. N'étant plus distinct moi-même de l'Énergie Originelle, je ne ferai donc plus qu'un avec l'Éternité.

Mais à l'instant, puisque je n'étais pas encore à même de comprendre de quelle manière j'allais y parvenir, et qu'ainsi j'étais encore bien loin d'être capable de le vivre, l'ange nous transporta tous deux dans une autre réalité.

Il y avait là, devant nous, plusieurs personnes que je connaissais de mon vivant. Mon amie, Ève, tenait en ses bras l'enfant nouveau-né de sa sœur aînée. Il avait tout juste quelques heures.

L'ange me fit comprendre que je serais le gardien de l'enfant. Qu'aurais-je à faire, lui demandai-je alors. Sans empressement il me répondit:

– Tu devras être à ses côtés tout au long de sa vie. Tu seras le témoin et la mémoire de tous ses faits et gestes. Le jour où il se tournera vers Dieu, tu seras la voix et les mots de ce Dieu.

"Tu ne pourras intervenir dans aucune des situations qu'il vivra à moins qu'il ne te le demande lui-même ou bien que ne viennent à lui de mauvais esprits."

Mais il comprit à ces mots mon interrogation et me dit sans interruption véritable ce qu'il entendait par mauvais esprits:

– Souviens-toi, je t'ai dit que tu pouvais passer l'Éternité au niveau de conscience où tu te trouves présentement.

Suivant mon signe d'approbation il poursuivit en me disant:

– Certains humains, à leur mort, ne croient pas du tout en l'existence d'une Vie après la Vie. Lorsqu'ils s'y retrouvent, personne ne peut donc être là pour les accueillir et les guider tel que je l'ai fait pour toi.

"Ils restent prisonniers de leurs propres croyances et de leurs connaissances limitées tant qu'ils ne parviennent pas eux-même à ouvrir leur esprit suffisamment pour croire en une autre réalité. Certains attendent, passifs depuis des siècles dans les limbes, un paradis qui n'existe pas ou bien ils végètent sans évolution dans leur obstination à ne pas accepter simplement la possibilité d'une réalité autre que celle qu'ils ont connue.

"Même en les approchant nous ne pouvons rien pour eux. Ils ne sont pas en mesure de nous apercevoir ni même de nous entendre puisqu'ils ne croient tout bonnement pas en notre existence. Nous ne voyons ni n'entendons que ce que nous voulons bien voir et entendre.

"Mais les mauvais esprits dont je te parle sont ceux qui, dans un excès d'égocentrisme et d'attachement à la réalité matérielle, y retournent dans une quête de pouvoir individuelle, soit pour tenter de profiter encore des plaisirs de celle-ci, soit pour hanter les êtres les plus vulnérables qu'ils y trouveront ou bien des proches auxquels ils ont gardé rancune dans des conflits qui les opposaient avant leur mort.

"Évidemment, ils entretiennent des sentiments de haine et de destruction qui peuvent être néfastes, voire même dangereux pour ceux et celles auxquels ils s'attaquent. Ils se nourrissent et s'enorgueillissent de l'énergie négative de leurs victimes.

"Ils peuvent tenter de créer la discorde et l'effroi pour capter l'énergie que dégagent les êtres vivants qui sont en colère ou qui ont peur. La seule façon de contrer leurs dérangeantes interventions auprès des humains est d'irradier un amour inconditionnel qui les enveloppera dans une forte énergie positive, que seul un grand détachement face à la situation et un pardon total peuvent te permettre d'atteindre.

"Si la force de leur attaque devait surpasser ta capacité d'aimer inconditionnellement, tu devras demander l'aide d'entités du niveau de conscience où nous nous trouvons présentement. Car une fois lié à un être vivant, tu seras accaparé par sa réalité et tu ne seras donc plus aussi conscient de celle-ci.

"Très peu d'entités seront suffisamment puissantes pour résister à ta propre intervention. Mais si tu doutais un seul instant de son efficacité, alors n'hésite pas à recourir à l'aide des niveaux de conscience supérieurs.

"De plus, une minorité seulement d'êtres humains prennent conscience de ces réalités même si elles les entourent et les influencent. Si celui que tu parraines devait parvenir à cette lucidité, ne force en rien les choses car tu pourrais lui nuire plus que tu ne l'aiderais réellement. Tu n'es pas son maître, tu es son guide. Tu dois le servir... sans nécessairement lui obéir.

"Tu dois savoir une dernière chose avant de prendre ta décision. L'enfant dont tu auras la charge t'apprendra plus de ses choix que tu ne pourrais lui en montrer s'il t'écoutait à chaque instant. Si tu l'abandonnais ou que tu devenais une nuisance à son apprentissage, tu lui serais redevable pour tous les torts que tu lui aurais causés. Rappelle-toi la règle du karma.

"En attendant la fin de cet engagement, si tu l'acceptes, bien sûr, sache simplement encore qu'il n'a nul besoin de quiconque pour prendre ses décisions. Il apprendra, tout comme toi, de ses propres erreurs. Ce que tu peux faire, par contre, c'est de répondre à chacune des interrogations pour laquelle il aura au préalable, à travers ses sacrifices et ses engagements du quotidien, mérité de trouver réponse. Ne t'inquiète surtout pas, à chacune des questions qu'il pourra se poser existe déjà une réponse. Tu les connaîtras intuitivement."

Puis, dans la chambre close où se trouvaient les parents et mon amie Ève, la tante de l'enfant, je pris conscience de la présence des trois entités de lumière qui veillaient déjà sur chacun des adultes, au même moment où il entreprenait la phrase suivante:

– Toutes les fois où l'enfant ne sera pas seul et isolé en ses pensées, tu seras toi aussi en la présence des anges gardiens de ceux qui l'accompagnent.

D'un seul geste de la pensée nous fûmes réunis et chacun d'eux me salua. J'acceptai en cet instant l'engagement et avant de me quitter, celui qui avait été mon propre guide me rappela qu'il m'attendrait et m'accueillerait encore à l'heure du décès de mon protégé. Il me dit alors:

– Je t'expliquerai l'étape suivante…

Mais j'avais déjà compris avant qu'il ne me le dise, comme il l'avait souvent fait avec moi, que l'étape suivante serait pour moi une autre incarnation sur terre, avant de pouvoir peut-être, tout comme lui, quitter le cycle des réincarnations et toute cette réalité de souffrance et d'attachement.

*

Quelques années plus tard, Ève était assise, attablée, des feuilles brouillons en main. Elle transcrivit à sa sortie du lit un rêve qu'elle trouva trop important pour ne pas l'écrire. Dans cet abîme onirique, son ami Justin, décédé depuis trois ans déjà, lui parlait comme s'il était bel et bien là, en chair et en os devant elle.

– N'aie crainte, chère amie, lui avait-il dit. Tu peux croire en la Vie ou en Dieu, peu importe. Car Il ne regarde ni le nom que tu Lui donnes, ni la façon dont tu Le pries. Connais-toi toi-même et tu Le connaîtras.

Puis il avait ajouté:

– L'amour est ce qui reste quand il n'y a plus rien qui nous habille. L'amour est ce qui anime toute chose au-delà des mots et des gestes qui l'expriment. L'amour est aussi essentiel qu'il est au-delà de toute chose.

Ensuite, il avait disparu doucement juste avant son réveil, arborant un sourire radieux et une confiance qui semblait sans borne dans l'éclat de ses yeux.

Tout comme certains états hypnotiques naturels, ou de méditation quelconque, le sommeil lui avait ouvert une porte sur une autre réalité … sur l'au-delà.

Et ce qui importe maintenant, à mon humble avis, c'est qu'elle soit désormais capable d'imaginer qu'il est possible, même sans y croire sans aucun doute, que des amis qu'elle aimera pour toujours, malgré la mort, puissent par le moyen d'un rêve ou d'une réflexion, lui transmettre encore amour et réconfort.

*

Et si j'ai pu vous transmettre ces pensées, c'est qu'un bon vivant a bien voulu se prêter à la mise en mots de ce témoignage, que je lui ai insufflé, approfondissant sa propre inspiration.

YVES BOUDREAULT

GINETTE ROY
Gaspé

MER, MON AMOUR
THÉÂTRE

Illustration: Gilles Côté

Gilles Côté: *Poséidon, la sirène et le pêcheur*, pastel sur papier foncé

Personnages: Le pêcheur, l'homme-Poséidon, la femme-sirène.

Je ne nomme pas l'homme-Poséidon et la femme-sirène simplement Poséidon et sirène parce qu'ici, ce qui m'intéresse, c'est la représentation mâle et femelle de la mer; c'est le symbole et non pas l'identification à Poséidon et aux sirènes tels qu'ils sont représentés dans la mythologie. Le côté masculin de la mer, c'est sa puissance: les vagues, les tempêtes, l'immensité, le côté effrayant et inconnu. Le côté féminin de la mer, c'est son côté séduisant: sa beauté, son mystère et aussi le sentiment de protection qu'elle procure.

Mise en scène: Les acteurs bougeraient constamment, ou presque, en parlant. Leurs mouvements, un mélange de danse et de jeu conventionnel, créeraient une ambiance poétique et surréaliste.

Décors et costumes: Une scène complètement dénudée. Des costumes sobres. Il ne doit pas y avoir de bateau, ce serait ridicule. Le pêcheur mime l'action de ramer et encore, peut-être est-ce inutile. À tout le moins, il ne doit pas le faire souvent. Toute l'ambiance viendrait des mouvements des acteurs, de la lumière et de la bande sonore. Une lumière toujours en mouvement, ou presque, et une bande sonore du début à la fin.

Lumière: La pièce se déroule sur deux jours. Les moments de la journée (l'aube, le coucher de soleil, le soleil brûlant, la tempête) seraient représentés par la lumière. Pour la nuit, une lumière bleutée et des reflets d'eau sur les acteurs afin de donner l'impression qu'ils sont sous l'eau. La nuit est le moment où le pêcheur commence à prendre contact avec une autre réalité, où il commence à passer dans un autre monde.

Son: Son de vagues, de vent, de chants de baleines (la nuit surtout), musique pour représenter la tempête («In The Wake of Poseidon» de King Crimson, «Les Sirènes» de Debussy, par exemple). Des instruments à cordes seraient probablement très appropriés. Quand la pièce débute le pêcheur est déjà sur la mer.

Le pêcheur: Ah! Soleil, tu es déjà levé! Tu m'offres une belle journée. Elle le sera pour moi. Je le sens. Oui! Très belle! De toute manière, elles ne sont jamais mauvaises pour moi. Parfois, ma pêche est frugale, mais ça ne dure jamais. Ma famille ne manque de rien. Ma petite famille. Ma chère famille. Mes deux fils sont partis. Je m'ennuie d'eux? Non, pas vraiment. J'ai toujours su qu'ils partiraient. Ils demeurent présents même s'ils m'ont quitté. Grâce à eux j'existe à plusieurs places à la fois. Ils sont mes yeux qui voient le monde. Le monde est si grand! Si grand! *(Silence)* Maintenant, voilà la vieillesse! Parfois, je l'oublie, mais ce corps usé me ramène alors à ma condition mortelle. Parfois, ça me fait mal partout. Tous ces jours accumulés sur mes épaules. Si nombreux et pourtant si vite passés. *(Court silence)* Soleil, tu m'éblouis! *(Court silence)* Toi, tu sembles encore jeune. Toujours le même... ou peut-être pas? Dans ma jeunesse je te trouvais doux, maintenant tu me brûles la peau. Beaucoup de mes rides viennent de toi. Tu as laissé tellement de traces sur mon corps. Dans ma jeunesse, je te trouvais gentil et joyeux, maintenant, je ne sais pas... Tu me regardes comme un père autoritaire. Tu m'effraies un peu. Je ne sais pas... Je trouve en toi quelque chose d'étrange... mystérieux... *(Silence)* Ai-je peur? Ai-je peur de ma mort? Non. Non. *(Court silence)* Oui. Oui. *(Silence)* J'ai déjà pensé être éternel. Maintenant, je ne peux plus me permettre ce luxe. Ah! Mon corps, tu me fais mal! *(Silence)* Infidèle, chaque jour je quitte ma femme! Au début, elle se levait toujours avec moi, maintenant, elle n'ouvre même pas les yeux. Elle est comme une enfant. Nous avons vieilli ensemble. Je suis le seul à sentir le poids de mes jours. Elle, elle retourne à son enfance sans éprouver de soucis. Chère femme, je t'aime, mais je me sens coupable quand je pars, parce que je vais toujours vers le soleil, je vais toujours vers la mer, avec une joie dans mon cœur. Je ne t'ai jamais quittée avec regret. Jamais. Homme infidèle! *(Silence)* Hmmm!

J'entends souffler le vent! Je n'ai pris aucun poisson. Dépêche-toi! De gros nuages recouvrent le ciel. Le vent souffle de plus en plus fort. Rame! Vite! Abandonne ta pêche! Rentre à la maison! Les nuages se noircissent. Les vagues se gonflent. Rame! Rame! Vite! *(Musique, sons qui représentent la tempête. L'homme-Poséidon apparaît un instant sans que le pêcheur ne l'aperçoive. Il souffle, faisant le vent.)* Ah! Vains efforts, la terre a disparu! Où aller? Dans quelle direction? Ces vagues! Je suis perdu. Je vais me laisser aller. Il n'y a rien d'autre à faire. Avoir confiance. Avoir la foi. Me laisser bercer par ces pouvoirs, effrayants, mais si beaux! Si beau! Le ciel. Les vagues. Les nuages. Le vent. Cette lumière mystérieuse. Merveilleux! Merveilleux! Me laisser aller. Juste me laisser aller. Admirer cette bataille divine! Le ciel? L'enfer? L'enfer? Ma mort? Non. Pas encore. Pas maintenant. Ma femme, ma femme m'attend. J'ai encore beaucoup de choses à lui confier. Mes fils, je désire les revoir, voir mes petits-enfants devenir adultes. Non! Pas ma mort! J'ai peur. Je ne suis pas prêt encore. Je ne suis pas prêt encore. *(Silence)* Je dois retrouver la confiance. M'abandonner. Toi, la Vie, tu as toujours été bonne pour moi. Tu ne m'as jamais fait souffrir inutilement, jamais sans récompense. Que sont les souffrances comparées aux récompenses? Oui, tu vaux la peine d'être vécue. Mais parfois… parfois… Oh! ce terrible doute dans mon esprit! L'enfer existe-t-il vraiment? L'infidélité, les regrets m'habitent. Toutes ces choses que je n'ai pas dites à toutes ces personnes. Toutes ces choses que je souhaitais entreprendre. Ma vie, ma vie. Ma vie n'est rien. Maintenant, maintenant ce ne peut être. *(Silence)* Non! Ce ne peut être le moment fatidique. Les vagues se font de plus en plus petites; je savais que ce ne pouvait être. La tempête s'en va; les nuages aussi. Je vois les étoiles. Les étoiles! La nuit!… Je vais me reposer dans ses bras. Oui! Demain, je connaîtrai une journée lumineuse. La clarté habitera mon esprit. Tout sera clair. Juste tomber endormi. M'abandonner. M'abandonner. Me laisser bercer par les vagues. Me laisser bercer par les vagues. Comme dans mon enfance… dans mon enfance… mon enfance.

(La lumière a changé graduellement pour représenter la nuit. L'homme-Poséidon entre, graduellement révélé par la lumière. Le pêcheur est endormi.)

L'homme-Poséidon: Ton enfance, pauvre homme, elle est tellement loin maintenant. Tellement loin. Plus d'enfance. Elle est une illusion, un rêve, une imagination. Tu l'inventes pour éclairer tes jours. Tu l'inventes pour alléger ton fardeau. Tu imagines une enfance inexistante. Tu imagines un homme inexistant. Tu te fabriques une innocence pour chasser le vide de ton âme. Impossible! Impossible! Tu voudrais le pouvoir mais tu en es incapable. Tu as peur, tu as peur plus que tu ne le penses. Tu ignores la beauté de la lumière car tu es aveuglé par sa clarté. De même, tu ignores la profondeur du vide, la noirceur du néant. Tu mésestimes le pouvoir de ta peur. Tu ne sais à quel point ton âme est attirée par le néant. Tu te penses un honnête homme qui travaille dur pour sa famille. Tu penses aimer ta femme et tes enfants. Connais-tu vraiment l'amour? Non! Pas du tout! Maintenant, entre mes mains, tu crois rêver. Maintenant tu sens vraiment la peur de la mort, et tu as raison, tu as raison d'avoir peur. Ce n'est pas qu'un cauchemar. Non! C'est la réalité. Mais ta petite famille tranquille est une fable. Ton enfance: une imagination. Ta vie: qu'un rêve. Quel vide! Tu penses ton œuvre grande. Elle n'est qu'une journée. Une fraction de seconde dans l'éternité. Une bouffée d'air. Un souffle. Rien.

(La femme-sirène entre)

La femme-sirène: J'ai peur que ta vie se termine. Non! Tu ne rêves pas! J'aimerais bien que ce ne soit qu'un rêve, car tu as peur de mourir. En même temps, je suis contente. Je me trouve heureuse de t'avoir si près de moi. Enfin entre mes bras! Restes-y donc! Ne t'effraie pas puisque tu m'aimes depuis toujours. Tous les matins tu as été ravi de venir me voir. Tu n'es jamais venu à moi avec regret mais avec de la joie dans ton cœur. Pourquoi avoir peur? Tu me connais si bien. Nous avons été si souvent ensemble toi et moi. Je suis devenue une partie de toi, de plus en plus grande chaque jour. C'est vrai, peut-être ne t'en es-tu pas aperçu. Mais je sais, je sais combien importante je suis devenue pour toi. Depuis toujours tu ne fais rien sans moi. Je suis là, t'influençant. Tous tes mouvements, toutes tes paroles sont inspirés par moi. Je sculpte tes pensées. J'insuffle ton âme. Je motive ta vie. À présent, pourquoi me résister? Tu t'es cru infidèle lorsque tu quittais ta femme pour venir à ma rencontre. Tu as été infidèle chaque fois que tu retournais sur terre pensant y trouver le vrai bonheur, pensant y découvrir la vraie vie. Mais tu sais, tu sais au plus profond de ton cœur qu'il n'existe pas de vraie vie sans moi. Je suis ton seul vrai amour. J'ai toujours été ton seul véritable amour. Pas de vie pour toi sans moi. Pas de vie pour toi sans moi. Je suis ta maîtresse. Ta femme. Ton amie. Tous les plaisirs éprouvés sans moi étaient du bonbon. Ton infidélité a été de les prendre pour des plaisirs profonds. Ta femme ne t'a jamais donné l'extase spirituelle. Ton corps est la corde d'un instrument de musique, j'en suis les vibrations, n'entends-tu pas? *(Court silence)* Maintenant, l'aurore est arrivée et tu vas te réveiller. Est-ce ta dernière aurore? Tu ne veux pas mourir? Tu es encore effrayé? Alors bats-toi. Bats-toi. Désespérément.

(L'homme-Poséidon et la femme-sirène sortent. Le pêcheur se réveille.)

Le pêcheur: Ah! Soleil! Soleil. Soleil tu m'éblouis! Tu m'assoiffes. À boire! s.v.p.! Je flotte sur une immensité d'eau sans une goutte pour me désaltérer. Si je pouvais devenir poisson. Devenir un poisson. Me transformer en baleine. J'admire ces animaux. Parfois j'ai l'impression d'entendre leurs chants mais, est-ce bien eux? Est-ce le vent? Les sirènes? *(Court silence)* Tous les pêcheurs, tous les marins croient aux sirènes. Ils ne le disent pas mais secrètement, en eux, ils souhaitent en voir. Ils rêvent de se faire emmener par elles dans des mondes sous-marins et d'y vivre pour toujours. *(Silence)* Je ne vois plus de terre autour de moi, que de l'eau. Rien à manger. Rien à boire. Je suis perdu. Je suis perdu. Devrais-je paniquer? Non. La température est si belle. Ma femme a dû envoyer de l'aide. Je vais ramer. Je vais ramer en direction de la terre. Le soleil s'est levé juste là, le Sud est donc par là. Je dois ramer dans cette direction. *(Il rame. Silence. Il arrête de ramer. Il s'essuie le front.)* Je rame depuis plusieurs heures maintenant. Le soleil, haut dans le ciel, pointe midi. Le vent se lève. Ahhh! À boire! À boire! *(Silence. Il soupire.)* Je suis perdu. Je suis perdu. *(Silence. Il soupire. Le vent commence à souffler plus fort.)* Ce vent. Pas de nuages mais ce vent de plus en plus violent. Il souffle tout autour de moi. *(On voit l'homme-Poséidon tourner autour du pêcheur en soufflant. Le pêcheur ne le voit pas.)* Ah! Les nuages arrivent! Le ciel s'assombrit. Ramer. Ramer. Vite! Le vent tournoie. Le soleil a disparu. Je ne sais pas où je vais. Ramer. Ramer. La seule chose possible.

(Tempête. Le pêcheur rame, se débat. L'homme-Poséidon souffle. Le pêcheur arrête de ramer, émet des sons de désespoir, porte les mains à son visage.)

L'homme-Poséidon: Pourquoi te battre ainsi?

Le pêcheur: J'entends des voix. Non. C'est le vent.

L'homme-Poséidon: Le vent. Le vent... Ouuuuu...

Le pêcheur: Je rêve...

L'homme-Poséidon *(ironiquement)*: Hmmm... Bien sûr! Tu rêves. *(Le pêcheur regarde autour de lui et l'aperçoit.)* Allô! Comment vas-tu? *(Le pêcheur ne répond pas.)* Tu ne dis rien, tu ne me reconnais donc pas?

Le pêcheur: Je le devrais ?

L'homme-Poséidon: Certainement, nous nous connaissons depuis tant d'années. Je suis le vent qui gonfle les voiles. Je suis les vagues. Je suis les profondeurs de la mer, le doute de tes pensées, l'abîme de ton âme.

Le pêcheur: Je suis donc perdu à cause de toi.

L'homme-Poséidon: Pourquoi provoquerais-je ta perte?

Le pêcheur: Je ne sais pas mais tu l'as fait.

L'homme-Poséidon: Es-tu sûr? Es-tu sûr de ne pas l'avoir demandé?

Le pêcheur: Demander d'être perdu?

L'homme-Poséidon: De mourir. N'es-tu pas fatigué? Ne désires-tu pas te reposer?

Le pêcheur: Mon corps me fait souffrir mais…

L'homme-Poséidon: Mais tu n'es pas prêt à mourir, c'est ce que tu veux dire. Tu as raison d'éprouver de la peur. Regarde, regarde dans le miroir de la mer. Regarde ton visage. Regarde ta vie. Que vois-tu au-delà de ce visage? Que vois-tu au-delà de ce reflet? Que vois-tu? Les profondeurs. Oui! Les profondeurs. L'abîme. Ni lumière. Ni fond. Et tu sombres. Tu sombres.

Le pêcheur: Non! Non! Je ne sombre pas. Pourquoi me traiter de cette manière? Je suis juste un pêcheur, un humble pêcheur. Je sais seulement comment ramer; je ne sais pas comment nager. Pourquoi me traiter de cette manière? Je n'ai rien fait de mal. J'ai mené une vie honnête, une vie simple. Je n'ai rien à regretter. J'ai aimé mon travail. J'ai toujours agi par amour, par croyance.

(Pendant ces dernières lignes l'homme-Poséidon est sorti. On entend seulement sa voix répéter les dernières paroles du pêcheur comme un écho, en les tournant en dérision, en riant.)

L'homme-Poséidon: J'ai aimé mon travail. J'ai toujours agi par amour, par croyance.

(Le pêcheur regarde autour de lui mais ne voit personne)

Le pêcheur: Je rêve. Je rêve. Toute cette brume autour de moi, la nuit qui arrive. Ou peut-être, peut-être je deviens fou. *(Il soupire. Il s'allonge pour dormir.)* Ah! mon corps, tu me fais mal! Mon corps, tu me fais tellement mal!

(La femme-sirène entre)

La femme-sirène: Ton corps te cause de la souffrance? C'est vrai, il n'est plus le corps solide de ta jeunesse. Je te connais depuis tes primes années, je te reconnais. Tu es toujours venu vers moi avec de la joie dans ton cœur. Tu t'es toujours levé chaque matin avant l'aurore. Inlassablement. Infatigablement. Toujours. Sans perdre foi. Sans te lamenter. C'est la première fois que je t'entends te plaindre mais je comprends. Tu es si vieux maintenant!

Le pêcheur *(N'apercevant pas encore la sirène)***:** Est-ce toi? Est-ce toi ou je rêve?

La femme-sirène: Est-ce toi? Est-ce toi?

Le pêcheur: Je rêve. C'est l'écho de ma voix. La brume se joue de moi.

La femme-sirène: C'est l'écho de ton esprit. Le souhait de ton cœur... La raison de ta vie. La nourriture de ton âme.

Le pêcheur *(L'apercevant)* Enfin! Je te vois!

La femme-sirène: Tu m'as déjà vue mais maintenant, maintenant nous sommes si proches. J'ai toujours été présente mais là, je murmure à ton oreille. Là, j'effleure tes lèvres.

(L'homme-Poséidon entre)

L'homme-Poséidon: Là, j'effleure tes lèvres. É-coutez-moi ces mièvreries. Ces sottises te touchent. Cela te satisfait. Si facilement satisfait. Mièvrerie, fausse poésie, imitation, voilà toute ta vie! Tu as travaillé avec croyance? Tu as travaillé avec amour? Pfff... Tu as travaillé parce que tu ne connaissais rien de mieux. Tu as pêché car tu étais incapable de faire autre chose.

La femme-sirène: Tu as pêché pour venir me voir, venir admirer l'immensité. Tu as souffert sans jamais perdre la foi, sachant au fond de toi que tout existe pour une raison. Toute ta vie est une histoire d'amour, l'amour de moi. Tu n'es pas parfait. Infidèle, comme tous les hommes. Mais je te pardonne, ton infidélité n'a pas tué ton amour. Elle est une simple tache. Je la laverai avec ma salive alors ton amour brillera, brillera tellement que tu en perdras la vue. Mais tu n'auras plus besoin de tes yeux. Ton amour sera ta vue, tes oreilles, ta respiration, ta nourriture. Viens, viens avec moi, nous ne ferons plus qu'un. Viens. Bois-moi. Meurs. Meurs.

L'homme-Poséidon: As-tu rendu justice à tous ceux qui te sont chers? Ta femme, tes enfants, tu les laisses seuls. Tout est-il clair avec eux? As-tu dit à ta femme tout ce que tu désirais lui dire?

La femme-sirène: Tu ne leur dois plus rien. Tu leur as donné tout ce que tu pouvais. Tu ne peux rien offrir de plus. C'est correct, c'est correct maintenant. Tu mérites le repos. Viens dormir! Viens dans mon lit! Embrasse-moi!

L'homme-Poséidon: Possèdes-tu la force de vivre? Possèdes-tu la force de mourir? Apprendras-tu à nager?

La femme-sirène: Je te montrerai comment nager. Je te montrerai comment voler.

L'homme-Poséidon: Tu sombreras. Sombreras.

Le pêcheur: Taisez-vous, vous deux. Taisez-vous, je vous en prie. Je ne peux plus endurer ça. Qui êtes-vous? Que voulez-vous de moi?

L'homme-Poséidon: Je suis ta force.

La femme-sirène: Je suis ta faiblesse.

L'homme-Poséidon: Je veux ta conviction.

La femme-sirène: Je veux ton abandon.

L'homme-Poséidon: Je suis ta volonté.

La femme-sirène: Je suis tes émotions.

Le pêcheur: Et moi qui suis-je? Qu'est-ce que je veux?

L'homme-Poséidon: Tu veux mourir.

La femme-sirène: Tu veux vivre.

Le pêcheur: Je veux, je ne veux que la paix.

La femme-sirène: Tu veux l'amour.

L'homme-Poséidon: Tu veux l'intelligence infinie.

Le pêcheur: Je veux, je veux dormir.

L'homme-Poséidon: Tu veux donc oublier.

Le pêcheur: Je sais, je suis paresseux, si paresseux.

La femme-sirène: Tu veux te reposer.

L'homme-Poséidon: N'oublie pas ta force.

Le pêcheur: Ah! je suis tellement vieux maintenant!

L'homme-Poséidon: Ne meurs pas dans la paresse.

La femme-sirène: Je me rappelle le corps de ta jeunesse, tu n'as pas tellement changé tu sais.

L'homme-Poséidon: Mourir. Mourir comme un homme.

Le pêcheur: Puis-je vraiment être fier d'être un homme?

La femme-sirène: Oublie le passé, oublie le passé maintenant. Souviens-toi seulement de l'amour, l'amour que tu as toujours éprouvé pour moi.

L'homme-Poséidon: Souviens-toi, souviens-toi de ta virilité, la force de ta volonté, le pouvoir de tes pensées, la clarté de ton rêve.

La femme-sirène: Le rêve, la vision que ma vue t'a inspirée.

L'homme-Poséidon: Ne vois-tu pas, ne vois-tu pas l'infini de l'horizon? Ne vois-tu pas, ne vois-tu pas en me regardant combien je t'ai fait puissant?

Le pêcheur: Oui, je vois. Je vois. Je me sens jeune à nouveau.

La femme-sirène: Je vois le beau corps de ta jeunesse.

L'homme-Poséidon: Je vois la luminosité de tes pensées.

Le pêcheur: Je vois, je vois la lumière du bonheur.

La femme-sirène: Tu as oublié tout ton passé, de moi seulement tu te souviens.

L'homme-Poséidon: Tu te tiens debout comme un homme, prêt à te battre, prêt à faire face à ta mort avec courage, pas avec paresse.

La femme-sirène: Regarde-moi.

Le pêcheur: Je te regarde.

La femme-sirène: Suis-je assez belle pour toi?

Le pêcheur: Oui tu l'es. Je te désire.

L'homme-Poséidon: L'aurore s'en vient.

La femme-sirène: La mer rencontre le ciel.

Le pêcheur: Ni soleil éclatant, ni noirceur.

L'homme-Poséidon: Le temps est venu.

Le pêcheur: Je suis prêt. Je suis prêt à vivre. Je suis prêt à mourir.

La femme-sirène: L'infini rencontre la mort.

L'homme-Poséidon: Ni soleil éclatant, ni noirceur.

Le pêcheur *(S'adressant à la femme-sirène)*: Prends-moi.

La femme-sirène: Rejoins-moi.

Le pêcheur: L'infini?

L'homme-Poséidon: L'éternité.

La femme-sirène: L'éternité.

GINETTE ROY

GISÈLE MARQUIS
Gaspé

CE JOUR TANT ATTENDU
NOUVELLE

Illustration: Marik Audet

Dessin de Marik Audet

Aujourd'hui, le calendrier marque la date du 17 janvier 1983. Un froid à «pierre fendre» immobilise tout. Après trois jours de neige et de vent où la tempête a sculpté un nouveau paysage, le soleil fait briller de millions d'étoiles cette vaste étendue blanche, à perte de vue. Quel calme apaisant! Quelle lumière!

Pour Agnès, un jour attendu depuis longtemps vient de commencer. À peine le soleil levé, elle s'enveloppe déjà de son châle de laine et d'un pas mal assuré va mettre une bûche d'érable dans le poêle de la cuisine. Ce feu entretenu jour et nuit, tout l'hiver, ce geste cent fois posé jour après jour, année après année, fait partie de sa vie comme le boire et le manger. Elle avance la bouilloire sur le feu. Pendant que l'eau se prépare pour son café, elle va gratter le givre qui a encore épaissi sur la vitre de la fenêtre, près du poêle, heureuse de réussir à voir, par ce petit carré d'à peine quelques pouces, cette immense terre blanche qui court à la rencontre du ciel en laissant derrière elle mille éblouissements. Son cœur ne peut que crier d'é-merveillement devant tant de beauté. Toutes ces années à regarder par les mêmes fenêtres et ne jamais cesser d'être éblouie! Cette journée tant attendue débute dans la fête du cœur et Agnès ne veut en perdre aucun moment ou mieux, elle veut en savourer chaque instant comme s'il était unique.

L'eau chante déjà dans la bouilloire et Agnès fait rôtir, sur la fonte toute chaude du poêle, quelques belles tranches du pain qu'elle a cuit la veille. Pour Agnès, cuire son pain a été la bénédiction des années de grande misère et la douceur des années d'abondance. Le beurre, les confitures de petites fraises des champs, un carré de fromage et un peu de lait pour son café attendent déjà au bout de la table. Elle s'installe confortablement à cette grande table de cuisine, le dos au poêle pour en sentir toute la chaleur. Malgré ses quatre-vingt-trois ans bien sonnés, elle goûte ce petit déjeuner comme si c'était le premier. C'est pourtant le même café et le même pain mais pour Agnès, ce matin n'est pas comme les autres matins. Agnès prépare ce jour depuis des semaines, elle l'attend depuis des années.

Depuis bientôt un an, Clément habite dans les souvenirs d'Agnès et la maison lui raconte sans cesse les années de bonheur qu'ils ont partagées et aussi les jours de grisaille qu'ils ont traversés. Elle comble la douleur de son absence en meublant ses jours des souvenirs laissés par sa présence. Elle aime à se rappeler que cette grande table, où elle prend son déjeuner, a déjà accueilli onze enfants autour d'elle et Agnès les regarde grandir à travers les années et elle pleure le départ de chacun d'eux. Son cœur chavire en pensant à toutes ces années maintenant derrière elle. Sa fierté éclate pourtant face à ce que chacun d'eux a fait de sa vie et surtout lorsqu'elle regarde ces vingt-huit merveilleux petits-enfants qui ont eux-mêmes des enfants. Elle comble au mieux tous ces départs en continuant ce qu'elle a toujours fait, comme si ces gestes répétés tant de fois ne pouvaient plus cesser, comme s'ils continuaient sans elle, comme s'ils pouvaient faire oublier l'absence. Déjà à l'été, sa décision est prise, après les fêtes elle pourrait enfin vivre ce jour tant attendu.

Mais avant de se donner ce jour, elle devait terminer le jardinage, les conserves, le ménage de la cour. Elle devait faire poser les doubles-fenêtres, elle devait corder le bois dans la cave et tout... Heureusement que Luc venait pour les plus gros travaux car elle n'aurait pu rester encore dans la maison. Cette nécessité, une fois encore, de revivre ce temps de l'année où l'on se prépare à hiverner, elle savait qu'elle devait l'accomplir. Cette année cela avait un sens encore plus profond car chaque jour passé, chaque geste posé, chaque événement serait par la suite laissé à lui-même.

Avec l'arrivée de l'hiver, ce fut le tour des tourtières, des beignes et de toutes ces mille petites gâteries qui réjouissent le cœur et le palais au temps des fêtes. Tous les enfants, les petits-enfants et les arrière-petits-enfants viendraient de la grande ville ou de plus près pour se retrouver ensemble pendant une grosse semaine. Rien que d'y penser cela lui donnait du cœur à l'ouvrage et elle y mettait encore plus d'amour. Sa hâte de les revoir tous réunis à nouveau autour de la table de famille se mêlait au chagrin de réaliser que ce serait la première fois depuis le départ de Clément. Ils parleraient des mille choses de la vie moderne, un autre monde pour elle, mais pour eux le menu quoti-dien. Ils se réuniraient aussi chez Luc, chez Jeanne, chez Raymond et puis chez Marie. Quelles rencontres pleines de promesses! Et à nouveau les départs. Il y a un temps pour tout... En repensant à ces fêtes qui venaient de finir, elle ressentit un pincement au cœur en se rappelant leur insistance à vouloir la voir sortir de sa maison. Ils s'inquiétaient de la savoir seule, en hiver, dans cette grande maison. Elle a pourtant réussi à les convaincre d'attendre encore un petit moment surtout que Luc, vivant juste à côté, venait tous les jours et Marie, qui ne vit pas très loin non plus, vient deux fois la semaine. Oui, Agnès avait besoin d'un peu de temps encore.

Son petit déjeuner terminé, Agnès prend tout son temps pour laver sa vaisselle, la ranger avec soin dans l'armoire où il y a de plus en plus d'espace. Son plus beau service de vaisselle trône maintenant avec honneur sur la table de Simone et Jeanine se réjouit d'hériter de l'argenterie familiale. Sans regret, elle va chercher sa belle nappe damassée, toute blanche, celle des dimanches et des jours de fête, elle l'étend sur la table et y dépose son bouquet d'hiver préféré. Elle approuve de la tête, elle aime cette ambiance des jours de fête surtout quand le soleil y promène quelques rayons comme ce matin.

Sa toilette du matin terminée, elle choisit sa belle robe marine avec un col en dentelle blanche, sa préférée, et elle se regarde quelques instants dans le miroir. Elle n'a plus vingt ans, c'est vrai, mais un petit quelque chose de différent la fait tressaillir, un petit quelque chose jamais remarqué auparavant, un indéfinissable... En un tour de main, elle remonte son chignon en y apportant l'attention du dimanche. Quelques cheveux noirs se perdent dans sa belle chevelure argentée, elle y installe avec art quelques peignes

qui, avec le temps, se sont moulés à sa forme.
Son regard se perd quelques instants dans le
souvenir d'une jeune fille à la taille élancée et
aux longs cheveux noirs. Elle voit à ses côtés un
beau jeune homme qui la prend par la taille et la
serre dans ses bras. La douceur du souvenir lui
donne un serrement au cœur et la ramène à la
réalité. Elle fait son lit et range sa chambre dans
un ordre parfait. La main sur la poignée de la
porte, elle jette un regard sur chaque objet aimé,
sur chaque meuble et son histoire. Elle passe de
sa chambre à la cuisine en s'arrêtant au salon et
elle regarde l'escalier qui monte au deuxième
étage. Un instant, elle pense y monter pour un
dernier coup d'œil mais non, hier elle a tout
revu. Elle le sait bien, les lits ont été refaits et
chacune des six chambres est dans un état
impeccable. Le ménage d'après les fêtes, elle l'a
terminé la semaine dernière. Elle a même fermé
la porte, en haut de l'escalier, le plus
soigneusement possible pour que l'air froid n'y
circule pas. Elle peut donc se reposer en toute
tranquillité. Les enfants n'y reviendront pas
avant l'été.

De retour à la cuisine, Agnès remet une
bonne bûche d'érable dans le poêle et le feu
pétille à nouveau. Avec le temps, ces bûches lui
paraissent de plus en plus lourdes. Il lui faudra

demander à Luc de les couper un peu plus petites. Agnès s'approche de sa berceuse et, pesamment, s'assoit tout près du feu. Comme elle est rassurante la chanson du bois qui brûle, qui murmure à l'oreille, au cœur et au corps tant de tendresse et de chaleur! Après tant d'années à espérer ce temps du repos, Agnès ferme les yeux pour goûter cet instant tant attendu. Comme c'est bon de pouvoir s'asseoir tranquillement près d'un bon feu grésillant sans rien ni personne qui nous attende, sans rien d'autre à faire que de rester là à se bercer tout doucement. Sans rien d'autre à penser que ce moment bienheureux du repos est arrivé et que la seule chose à faire consiste justement à ne rien faire, à se laisser faire.

Agnès vit intensément ce temps d'arrêt tant désiré comme elle a vécu chaque instant de sa vie, elle s'y donne totalement. Elle le goûte dans toutes les fibres de son être et elle ne désire plus qu'une chose, c'est que ce moment dure à jamais. La berceuse ralentit son mouvement comme si elle voulait aussi participer à ce repos et tout doucement, dans le silence, elle s'arrête. Agnès s'est endormie, les deux mains jointes sur ce ventre qui, tant de fois, a donné la vie. Ses yeux se sont fermés pour accueillir le repos. Sa tête, penchée sur sa poitrine, semble se concentrer sur un rêve qui n'appartient qu'à elle seule. Le soleil se pose un instant sur la belle tête argentée et repart se cacher derrière un nuage qui vient de passer. Le feu, témoin fidèle, continue de crépiter. Il veille sur le dernier sommeil d'Agnès.

GISÈLE MARQUIS

TABLE DES MATIÈRES

Achevé d'imprimer en novembre 1997 chez

IMPRESSION À DEMANDE INC.

à Boucherville, Québec